사랑하는 마음 내게 있어도

愛する心私にあっても

사랑하는 마음 내게 있어도
愛する心私にあっても

초판 1쇄 발행 2015년 9월 14일

시   나태주
번역 서승주

펴낸이 김선기
펴낸곳 (주)푸른길
출판등록 1996년 4월 12일 제16-1292호
주소 (08377) 서울시 구로구 디지털로 33길 48 대륭포스트타워 7차 1008호
전화 02-523-2907, 6942-9570-2
팩스 02-523-2951
이메일 purungilbook@naver.com
홈페이지 www.purungil.co.kr

ISBN 978-89-6291-296-8 03810

이 도서의 국립중앙도서관 출판예정도서목록(CIP)은 서지정보유통지원시스템 홈페이지(http://seoji.nl.go.kr)와 국가자료공동목록시스템(http://www.nl.go.kr/kolisnet)에서 이용하실 수 있습니다. (CIP제어번호: CIP2015024138)

羅泰柱 日譯詩選集

사랑하는 마음 내게 있어도

愛する心私にあっても

나태주 시 • 서승주 역

羅泰柱 詩 • 徐承周 譯

2015. 8. 9

푸른길

일역시집을 내면서

시를 써 오는 동안 나도 외국어로 번역된 시집을 갖고 싶었다. 언어권으로 쳐서 서구권인 영어로 된 시집과 동양권으로는 일어로 된 시집을 갖고 싶었다. 영역시집은 작년도에 냈고 올해 다시금 일역시집을 낸다. 이 시집은 오로지 서승주 선생님의 노력과 정성으로 마련된 시집이다.

그가 근무하는 학교에 문학 강연을 갔을 때, 그는 40년도 훨씬 전에 나온 나의 첫 시집 『대숲 아래서』를 보여 주었다. 그가 갖고 있던 책이라 했다. 반가움을 넘어서 그것은 놀라운 발견이요 눈부신 재회였다.

그로부터 인연이 열려 이번 시집이 나오게 되었다. 참으로 감사한 일이요 폭포수 같은 은혜. 사람의 소원은 이렇게 우연한 기회에 이루어지게 마련이다. 일본 말을 아는 분들이 읽어서 좋은 느낌을 받는 시집이 되기를 소망한다.

2015년 초가을
나태주 씀

序文

日訳詩集をだしながら

詩を書きながら私も外国語で翻訳された詩集を出したかった。言語圏として言えば西欧圏の英語で訳した詩集と東洋圏としては日本語で訳した詩集がほしかった。

英訳の詩集は昨年度に出して、今年はまた日訳詩集を出す。この詩集はひとえに徐承周先生の情をこめた努力で調えられた詩集である。

彼の勤めている学校に文学講演に行った時、彼は40年よりもずっと以前に出した私の初詩集『竹藪の下で』を見せてくれた。彼が持っていった本だそうだった。嬉しさをこえてそれは驚かしい発見で、まぶしい再会であった。

そこから縁が繋がり詩集が出る事となった。誠に喜ばしい事よ瀑布のような恩である。人の願いはこの様に偶然の機会で叶ったりする。

日本語が分かる方々が読んで感じの良い詩集になれば幸だ。

2015年 初秋

羅泰柱書

차례·目次

사랑하는 마음 내게 있어도

愛する心私にあっても

은빛

눈이 내리다 말고 달이 휘영청 밝았다

밤이 깊을수록 저수지 물은
더욱 두껍게 얼어붙어
쩡, 쩡, 저수지 중심으로 모여드는 얼음의
등 터지는 소리가 밤새도록 무서웠다

그런 밤이면 머언 골짝에서
여우 우는 소리가 들리고
하행선 밤기차를 타고 가끔
서울 친구가 찾아오곤 했다.

친구는 저수지 길을 돌아서 왔다고 했다.

그런 밤엔 저수지도 은빛
여우 울음소리도 은빛
사람의 마음도 분명 은빛
한가지였을 것이다.

銀色

雪がやんで皓々と月は明るい

夜がふけるにつれ貯水池の水は
さらに厚く凍りついて
ガーン、ガーン、貯水池の中心に押しよせる氷の
背中破れる音が夜が明けるまで怖かった

そんな夜には遠い谷から
狐のなき声が聞こえ
下り線の夜汽車に乗り、たまに
ソウルの友達が尋ねて来たりした。

友達は貯水池の道を回って来たと言った。

そんな夜には貯水池も銀色
狐の鳴き声も銀色
人の心も確かに銀色
ただ一色であっただろう。

아침

어제는 던져버리고
오늘은 어느새 새것이다
아, 나도 새것이다

물소리 물소리가 먼저 와
기다리고 있었구나
물소리도 새것이다

풀벌레 소리도 이미 새것
산도, 산의 이마도 새것
나무 나무 나무들도 새것

자, 가보자
오늘도 세상 속으로
독립운동하러 떠나보자.

朝

昨日は投げ捨てて
今日はもう新しいものである
ああ、私も新しいものである

せせらぎ　せせらぎが　先に来て
待っていったな
せせらぎも新しいものである

草の虫の泣き声ももう新しいもの
山も、山頂も新しいもの
木　木　木の群れも新しいもの

さ、行ってみよう
今日も世の中を向かって
独立運動をしに出てみよう。

딸그락 각시

우리 집사람 딸그락 각시
아침에도 딸그락
점심때도 딸그락
틈만 나면 부엌에서
딸그락거려요

밥하고 나물 삶고
찌개 끓이고 그릇 챙기고
설거지하고
그리고도 남는 시간은
남은 밥 모아 가스레인지에
누룽지도 만들어요

딸그락딸그락
점심에도 딸그락
저녁때도 딸그락
딸그락딸그락 소리 들으며
오늘도 하루해 날이 저물어요.

ことこと花嫁

うちの女房はことこと花嫁
朝にもことこと
昼にもことこと
暇さえあれば台所で
ことことことことします

ご飯を炊きナムルを煮て
チゲたいて器をならべて
洗い物して
それでも時間が余ったら
残ったご飯をガスレンジで
お焦げも作ります

ことことことこと
昼にもことこと
夕方にもことこと
ことことことこと音ききながら
今日も一日、日が暮れます。

나의 낙타나무

한 끼니 먹이를 위해선
번번이 주둥이에 선혈이
낭자해야만 했다
침을 뱉을 줄도 아는 네 발 짐승의
피를 받아 마시며 자라는
가시덤불, 숨겨진
예쁘고도 여린 초록 이파리들

나의 낙타나무는 과연 무엇이었던가?
끝없는 유혹과 목마름과 절망을
다스려주던…….

私の駱駝の木

一食の飯の為には
そのたびごとに嘴に鮮血
飛び散らなければならなかった
唾も吐けるよつ足の動物の
血を吸い育つ
茨の藪、隠れた
可愛い柔らかい葉っぱ

私の駱駝の木は果たして何だったのだろう
果てしない誘惑や渇望と絶望を
癒してくれた……。

몽당연필

초등학교 선생 할 때
아이들 버린 몽당연필들
주워다 모은 게 한 필통 가득이다

상처 입고 망가지고
닳아질 대로 닳아진 키 작은 녀석들
글을 쓸 때마다 곱게 다듬어
볼펜 깍지에 끼워서 쓰곤 한다

무슨 궁상이냐고 번번이
핀잔을 해대는 아내

아내도 나에겐 하나의 몽당연필이다
많이 닳아지고 망가졌지만
아직은 쓸모가 남아있는 몽당연필이다

아내 눈에 나도 하나의
몽당연필쯤으로 보여졌으면
싶은 날이 있다.

ちびた鉛筆

小学校の先生の時
子供達の捨てたちびた鉛筆
拾って集めた物が筆箱いっぱい

傷ついて、潰れて
すれにすれたちびた鉛筆達
字を書くごとにきれいに整えて
ボールペンのくだに挟んで使ったりした

なんて貧乏たらしいと
なんの騒がしいことかと度ごとに
がみがみ小言をいう家内

家内も私には一つのちびた鉛筆である
すりへってつぶれちまってるが
また使えるちびた鉛筆だ

妻の目には私も一つのちびた鉛筆くらいに見えていたら
いいなあと
思うことがある。

부탁

너무 멀리까지는 가지 말아라
사랑아

모습 보이는 곳까지만
목소리 들리는 곳까지만 가거라

돌아오는 길 잊을까 걱정이다
사랑아.

お願い

あまり遠くまで行かないでおくれ
愛よ

姿の見える所まで
声が聞こえる所までにしておくれ

帰り道、見失わないか心配なんだ
愛よ。

시간

누군가 한 사람 창가에 앉아
울먹이고 있다
햇빛이 스러지기 전에 떠나야 한다고
한 번 가선 돌아올 수 없는 길을
가야만 한다고
그곳은 아주 먼 곳이라고
조그만 소리로 속삭이고 있다
잠시만 더 나와 함께 여기
머물다 갈 수는 없나요?
손이라도 잡아주고 싶어 손을 내밀었을 때
이미 그의 손은 보이지 않았다.

時間

誰かが一人、窓辺に座って
泣きだしそうになっている
日の光が消える前に立ち去らなければならないと
一度、行ったら戻れない道を
行かなければならないと
あそこはとっても遠い所だと
小声で囁いている
もうしばらくだけ私といっしょに、ここに
留まって行けませんか?
手でも握ってあげたくて、手を出した時
もう、彼の手は見えなかった。

꽃 피는 전화

살아서 숨 쉬는 사람인
것만으로도 좋아요
그럼요, 그럼요
그냥 거기 계신 것만으로도 참 좋아요
그럼요, 그럼요
오늘은 전화를 다 주셨군요
배꽃 필 때 배꽃 보러
멀리 한 번 길 떠나겠습니다.

花咲く電話

生きて息をしている人であること
それだけでもいいよ
そうとも、そうとも
そのままそこにいらっしゃることだけでとってもいいよ
そうとも、そうとも
今日は電話をくださったんですね
梨の花が咲く時、梨の花を見に
遠くまで一度、旅立ちます。

눈부신 속살

담장 위에 호박고지 가을볕 좋다
짜랑짜랑 소리 날 듯 가을볕 좋다
주인 잠시 집 비우고 외출한 사이
집 지키는 호박고지 새하얀 속살

눈부신 그 속살에
축복 있으라.

まぶしい中身

垣根の上の干しカボチャ、秋晴れの日差しいいな
カチャカチャ光りの音が聞こえそうな、秋晴れの日差しいいな
家主がちょっと留守で外出中
留守番中の干しボッチャの、真っ白い中身

まぶしいあの中身に
祝福あれ。

희망

날이 개면 시장에 가리라
새로 산 자전거를 타고
힘들여 페달을 비비며

될수록 소로길을 찾아서
개울길을 따라서
흐드러진 코스모스 꽃들
새로 피어나는 과꽃들 보며 가야지

아는 사람을 만나면 자전거에서 내려
악수를 청하며 인사를 할 것이다
기분이 좋아지면 휘파람이라도 불 것이다

어느 집 담장 위엔가
넝쿨콩도 올라와 열렸네
석류도 바깥세상이 궁금한지
고개 내밀고 얼굴 붉혔네

시장에 가서는
아내가 부탁한 반찬거리도 사리라
생선도 사고 채소도 사 가지고 오리라.

希望

晴れたら市場に行こう
新しく買った自転車に乗って
力いっぱいペダルを踏みながら

できるだけ細道を選んで
小川に沿って
咲きこぼれたコスモスの花
咲き始めたエゾ菊をみながら行こう

知り合いに会ったら自転車から降りて
握手しながら挨拶しよう
気持ちよかったら口笛でも吹こう

ある、家の垣根の上に
エンドウ豆はい上がり実っている
石榴も外の世の中が気になるのか
顔出して赤くなってる

市場に行ったら
家内の頼んだおかずの材料も買おう
魚も買って野菜も買って持って帰ろう。

명멸

하늘에서 별 하나 사라졌다
성냥개비 하나 타오를 만큼
짧은 시간의 명멸(明滅)

사람들 꿈꾸며 바라보던 그 별이다
아이들도 바라보며 노래하던 그 별이다

누구도 슬퍼하지 않았다
울지 않았다
다만 몇 사람 시무룩히
고개 숙였다 들었을 뿐이다.

明滅

空で星一つ消えた
マッチ一本が燃え上がるくらいの
短い時間の明滅

人々が夢見ながら見上げていたあの星である
子供達も見上げながら歌ってたあの星である

誰も悲しまなかった
泣かなかった
ただ、何人かがむすっと
一瞬うな垂れただけだ。

나무를 위한 예의

나무한테 찡그린 얼굴로 인사하지 마세요
나무한테 화낸 목소리로 말을 걸지 마세요
나무는 꾸중 들을 일을 하나도 하지 않았답니다
나무는 화낼 만한 일을 조금도 하지 않았답니다

나무네 가족의 가훈은 〈정직과 실천〉입니다
그리고 〈기다림〉이기도 합니다
봄이 되면 어김없이 싹을 내밀고 꽃을 피우고 또 열매 맺어 가을을
맞고
겨울이면 옷을 벗어버린 채 서서 봄을 기다릴 따름이지요

나무의 집은 하늘이고 땅이에요
그건 나무의 어머니 어머니, 어머니 때부터의 기인 역사이지요
그 무엇도 욕심껏 가지는 일이 없고 모아두는 일도 없답니다
있는 것만큼 고마워하고 받은 만큼 덜어낼 줄 안답니다

나무한테 속상한 얼굴을 보여주지 마세요
나무한테 어두운 목소리로 투정하지 마세요
그것 나무한테 하는 예의가 아니랍니다.

木にたいする礼儀

木にしかめっつらで挨拶しないでください
木に怒ってた声で話しかけないでください
木はしかられることは一つもしなかったのです
木は怒られるようなことはちっともしていないのです

木の家族の家訓は＜正直と実践＞です
そして＜待つこと＞でもあります
　春になると間違いなく芽を出して花を咲かせまた実って秋を迎
えて
　冬には服をぬいで立ったまま、ただ春を待つのでしょう

木の家は空であり、土です
　それは木のお母さんのお母さんのお母さんの時からのなが一い
歴史です
　何も欲張って持つとうとしないし集めることもありません
　あるものだけで有難く思い、もらった分わけあたえることを知
っています

木にいやな顔を見せないでください
木に暗い声で文句をぶつけないでください
それは木にたいする礼儀ではありません。

좋은 약

큰 병 얻어 중환자실에 널브러져 있을 때
아버지 절룩거리는 두 다리로 지팡이 짚고
어렵사리 면회 오시어
한 말씀, 하시었다

애야, 너는 어려서부터 몸은 약했지만
독한 아이였다
네 독한 마음으로 부디 병을 이기고 나오너라
세상은 아직도 징글징글하도록 좋은 곳이란다

아버지 말씀이 약이 되었다
두 번째 말씀이 더욱
좋은 약이 되었다.

よい薬

重い病気にかかって集中治療室にぐったりとのびている時
父はびっこをひく両足で杖をついて
やっとのことで面会に来て
一言、言った

おい、お前は幼いころから体は弱くても
根性のある子だった
おまえの強い心でなにがなんでも病気に勝って出て来い
世の中はまだまだとってもとってもいいところだぞ

父の話が薬になった
二番目の話がより
よい薬になった。

너무 그러지 마시어요

너무 그러지 마시어요. 너무 섭섭하게 그러지 마시어요. 하나님, 저에게는 아니에요. 저의 아내 되는 여자에게 그렇게 하지 말아달라는 말씀이에요. 이 여자는 젊어서부터 병과 더불어 약과 더불어 산 여자예요. 세상에 대한 꿈도 없고 그 어떤 사람보다도 죄를 안 만든 여자예요. 신장에 구두도 많지 않은 여자구요, 장롱에 비싸고 좋은 옷도 여러 벌 가지지 못한 여자예요. 한 남자의 아내로서 그림자로 살았고 두 아이의 엄마로서 울면서 기도하는 능력밖엔 없는 여자이지요. 자기 이름으로 꽃밭 한 평, 채전밭 한 귀퉁이 가지지 못한 여자예요. 남편 되는 사람이 운전조차 할 줄 모르는 쑥맥이라서 언제나 버스만 타고 다닌 여자예요. 돈을 아끼느라 꽤나 먼 시장 길도 걸어다니고 싸구려 미장원에만 골라 다닌 여자예요. 너무 그러지 마시어요. 가난한 자의 기도를 잘 들어 응답해주시는 하나님, 저의 아내 되는 사람에게 너무 섭섭하게 그러지 마시어요.

あんまり、そうしないでください

　あんまり、そうしないでください。あんまり、つれなくしない
でください。神様、わたくしのことではありません。わたくしの
家内である女にそうしないでくださいと言うのです。この女は若
い時から病とともに、薬とともに生きて来た人です。この世の夢
も持たないし、どんな人よりも罪を作らなかった女です。靴箱に
靴も多くない女ですし、箪笥の中に高くていい服も数多く持って
ない女です。一人の男の妻として彼の影みたいに生きて、二人の
子供の母として涙をこぼしながら祈るしかできない女です。自分
の名義で花畑一坪、野菜畑の片隅も持ってない女です。夫という
人間が運転もできないあほうなので、いつもバスばかり乗った女
です。お金を節約するために、遠い市場までも歩いて通ったし、
安っぽい美容室ばかり選んで通った女です。あんまり、そうしな
いでください。貧しい者の祈りをよく聞きいれてくださる神様、
私の家内である人に、あんまり、つれなくしないでください。

울던 자리

여기가 셋이서 울던 자리예요
저기도 셋이서 울던 자리예요
그리고 저기는 주저앉아
기도하던 자리고요

병원 로비에서
복도에서
의자 위에서
그냥 맨바닥 위에서

준비 안 된 가족과의 헤어짐이
너무나도 힘겨워서
가장의 죽음 앞에 한꺼번에 무너져서

여러 날 그들은
비를 맞아 날 수 없는
세 마리의 산비둘기였을 것이다.

泣いてた場所

ここが三人で泣いてた場所です
あそこも三人で泣いてた場所です
そしてそこは座り込んで
祈ってた場所です

病院のロビーで
廊下で
椅子の上で
地べたにしゃがみ込み

準備もしてない家族との別れが
あまりにも辛くて
家長の死の前でいっぺんに打ち砕かれて

数日間彼らは
雨にぬれて飛べない
三羽の山鳩であっただろう。

꽃이 되어 새가 되어

지고 가기 힘겨운 슬픔 있거든
꽃들에게 맡기고

부리기도 버거운 아픔 있거든
새들에게 맡긴다

날마다 하루해는 사람들을 비껴서
강물되어 저만큼 멀어지지만

들판 가득 꽃들은 피어서 붉고
하늘가로 스치는 새들도 본다.

花になって鳥になって

抱えて行くのが苦しい悲しみがあったら
花に任せて

荷おろすことのできない心の痛みがあったら
鳥に任せる

毎日、一日の日は人々をちらりと横目で見て
川の水になってはるか遠くなるけど

野原いっぱい花は咲いて紅く
天辺を横切る鳥たちも見る。

물고기와 만나다

아침 물가에 은빛 물고기들 파닥파닥 뛰어올라
왜 은빛 몸뚱아리 하늘 속살에다
패대기를 쳐 대는지 알지 못했는데
한 사람을 사랑하면서부터 아, 저것들도
살아 있음이 좋아서 다만 좋아서 저러는 거구나
알게 되었지

저녁에도 그러하네
날 어두워져 하루의 밝음, 커튼이 닫히듯 사라져 가는데
왜 물고기 새끼들만 잠방잠방 소리하며 놀고 있는 건지
그것이 하루의 목숨 잘 살고 잠을 자러 가면서
안녕 안녕 물고기들의 저녁 인사란 것을
한 사람을 마음 깊이 잊지 못하면서 짐작하게 되었지

물고기들도 나처럼 누군가를 많이많이 좋아하고
사무치게 사랑해서 다만 그것이 기쁘고 좋아서 또 고마워서
그렇다는 걸 조금씩 알게 되었지.

魚に逢う

朝の水辺に銀色の魚、ぴちぴち跳ねあがり
なぜ銀色の体を空中に
投げ打つのか知らなかったけれど
一人の人に恋してから　あー、あいつらも
生きていることがただ嬉しくて、ああするんだと
分かるようになった

夕方にもそうだ
日が暮れて明るさが、カーテン閉まるように消えるとき
なぜ、小魚らだけがざぶざぶ遊んでいるのか
それが一日の命を無事に生きて寝床へ行きながら
ジャーネ、お休み、魚たちのおやすみの挨拶であること
一人の人を心から恋い慕うようになってから理解するようになった

魚たちも私のように誰かがとっても好きで
心に沁みるほど恋してて、ただそれが嬉しくて幸せでまた有難くて
ああするんだと少しずつ分かるようになった。

지상에서의 며칠

때 절은 조이 창문 흐릿한 달빛 한 줌이었다가
바람 부는 들판의 키 큰 미루나무 잔가지 흔드는 바람이었다가
차마 소낙비일 수 있었을까? 겨우
옷자락이나 머리칼 적시는 이슬비였다가
기약 없이 찾아든 바닷가 민박집 문지방까지 밀려와
칭얼대는 파도 소리였다가
누군들 안 그러랴
잠시 머물고 떠나는 지상에서의 며칠, 이런저런 일들
좋았노라 슬펐노라 고달팠노라
그대 만나 잠시 가슴 부풀고 설렜었지
그리고는 오래고 긴 적막과 애달픔과 기다림이 거기 있었지
가는 여름 새끼손톱에 스며든 봉숭아 빠알간 물감이었다가
잘려 나간 손톱조각에 어른대는 첫눈이었다가
눈물이 고여서였을까? 눈썹
깜짝이다가 눈썹 두어 번 깜짝이다가…….

地上での何日

垢じみた紙の窓、霞んでる一握りの月光だったのが
風吹く野原の高いポプラの小枝揺さぶる風だったのが
あえて、にわか雨にはならなかった、どうにか
裾や髪の毛濡らす霧雨であって
不意に訪れた海辺の民宿の敷居際まで押し寄せ
響く音を立てる潮騒であって
だれでもそうだろう
暫しとどまり立ち去る地上での何日、あれやこれや
良かった、悲しかった、辛かった
君に逢って暫く胸いっぱいになって胸騒ぎもしてた
そうして永い永い寂寞と切なさと期待がそこにあった
消える夏の小指の爪に染みた鳳仙花の紅い色であって
切った爪にちらちらする初雪であって
涙たまったからだろうか。眉
瞬いて、眉二回ほど瞬きして……。

딸에게 • 2

내 사랑 내 딸이여 내 자랑 내 딸이여
오늘도 네가 있어 마음속 꽃밭이다
오! 네가 없었다 하면 어쨌을까 싶단다

술 취해 비틀비틀 거리를 거닐 때도
네 생각 떠올리면 정신이 번쩍 든다
고맙다 애비는 지연(紙鳶), 너의 끈에 매달린.

娘に・2

私の愛、私の娘よ　私の誇り　私の娘よ
今日もおまえがいるので心の中は花畑のようだ
ああ、おまえがいなかったらどうしたかな

酒に酔ってよたよた街を歩いている時も
おまえのこと考えるとはっと正気のかえる
ありがとう、おとうさんは凧だな、おまえの紐にぶらさがって
いる。

풀꽃

자세히 보아야
예쁘다

오래 보아야
사랑스럽다

너도 그렇다.

草花

よくよく見ると美しい

ずっと見ていると愛らしい

君もそうだ。

행복

저녁때
돌아갈 집이 있다는 것

힘들 때
마음속으로 생각할 사람이 있다는 것

외로울 때
혼자서 부를 노래 있다는 것.

幸福

夕方
帰る家があること

苦しい時
心の底から思う人がいること

さびしい時
独りで歌う歌があること。

아내

새각시
새각시 때
당신에게서는
이름 모를
풀꽃 향기가
번지곤 했습니다
그럴 때마다 나는
당신도 모르게
눈을 감곤 했지요

그건 아직도
그렇습니다.

妻

花嫁
花嫁の時
あなたからは
名も知らぬ
草花の香りが
時々ふと漂ってきました
そんな時いつも私は
あなたに気付かれないように
目をつぶったりしていたんです

それは今でも
そうです。

꽃잎

활짝 핀 꽃나무 아래서
우리는 만나서 웃었다

눈이 꽃잎이었고
이마가 꽃잎이었고
입술이 꽃잎이었다

우리는 술을 마셨다
눈물을 글썽이기도 했다

사진을 찍고
그날 그렇게 우리는
헤어졌다

돌아와 사진을 빼보니
꽃잎만 찍혀 있었다.

花びら

花の咲きにおう木の下で
私達はあって笑った

目が花びらで
額が花びらで
唇が花びらであった

私達は酒を飲んだ
涙が滲んだりもした

写真を撮って
あの日、そうして私達は
別れた

帰って写真を焼いて見たら
花びらばかり写っていた。

천천히 가는 시계

천천히, 천천히 가는
시계를 하나 가지고 싶다

수탉이 길게, 길게 울어서
아, 아침 먹을 때가 되었구나 생각을 하고
뻐꾸기가 재게, 재게 울어서
어, 점심 먹을 때가 지나갔군 느끼게 되고
부엉이가 느리게, 느리게 울어서
으흠, 저녁밥 지을 때가 되었군 깨닫게 되는
새의 울음소리로만 돌아가는 시계

나팔꽃이 피어서
날이 밝은 것을 알고 또
연꽃이 피어서 해가 높이 뜬 것을 알고
분꽃이 피어서 구름 낀 날에도
해가 졌음을 짐작하게 하는
꽃의 향기로만 돌아가는 시계

나이도 먹을 만큼 먹어가고
시도 쓸 만큼 써보았으니
인제는 나도 천천히 돌아가는
시계 하나쯤 내 몸속에
기르며 살고 싶다.

ゆっくり行く時計

ゆっくり、ゆっくり 行く
時計が一つほしい

雄鳥 ながく、ながく 鳴いて
ああ、朝ご飯の時だなと分かって
カッコウが はやく、はやく 鳴いて
ああ、昼ご飯の時が過ぎたなと感じるようになって
ミミズクがゆっくり、ゆっくり鳴いて
ほら、夕ご飯を炊く時間になったなと分かる
鳥の鳴き声だけで動く時計

朝顔が咲いて
明け初めたのが分かり、また
蓮華が咲いて日が高く昇ったのが分かり
白粉花咲いて曇った日にも
日が暮れたことをうかがわせる
花の香りだけで回る時計

年も取るだけ取って
詩も書くほど書いて見たので
もう、私もゆっくり回る
時計一つほど、私の体の中で
育てながら生きたい。

아름다운 짐승

젊었을 때는 몰랐지
어렸을 때는 더욱 몰랐지
아내가 내 아이를 가졌을 때도
그게 얼마나 훌륭한 일인지 아름다운 일인지
모른 채 지났지
사는 일이 그냥 바쁘고 힘겨워서
뒤를 돌아볼 겨를이 없고 옆을 두리번거릴 짬이 없었지
이제 나이 들어 모자 하나 빌려 쓰고 어정어정
길거리 떠돌 때
모처럼 만나는 애기 밴 여자
커다란 항아리 하나 엎어서 안고 있는 젊은 여자
살아 있는 한 사람이 살아 있는 또 한 사람을
그 뱃속에 품고 있다니!
고마운지고 거룩한지고
꽃봉오리 물고 있는 어느 꽃나무가 이보다도 더 눈물겨우랴
캥거루는 다 큰 새끼도 제 몸속의 주머니에 넣어 가지고 다니며
오래도록 젖을 물려 키운다 그랬지
그렇다면 캥거루는 사람보다 더
아름다운 짐승 아니겠나!

캥거루란 호주의 원주민 말로 난 몰라요란 뜻이랬지
캥거루 캥거루, 난 몰라요
아직도 난 캥거루다.

美しい獣

若い時は知らなかった

幼い時にはもっと知らなかった

家内が私の子供を孕んだ時も

それがどんなに立派なことであるか美しいことか

知らないまま過ぎた

生きるのがただ忙しくて辛くて

後ろを振り返る暇もないし、隣を見回す余裕もなかった

もう、老けて一つの帽子借り被ってのそのそ

街頭を歩き回るとき

久しぶりに出逢った孕んだ女

大きい壺一つ伏せて抱えている若い女

生きている一人が生きているもう一人の人を

あのお腹にはらんでいるとは

ありがたいやら神々しいやら

つぼみ銜えているある花草がこれよりもっと涙ぐましいか

カンガルーは大きくなった子供も自分の袋の中に入れて動きな
がら

長い間、ちちを吸わせて育ってるという

だったらカンガルーは人間よりもっと

66

美しいではないか
　カンガルーはオーストラリアの原住民の言葉で私は知らないと
言う意味だという
　カンガルーカンガルー、私は知らない
　まだまだ私はカンガルーである。

오늘도 그대는 멀리 있다

전화 걸면 날마다
어디 있냐고 무엇하냐고
누구와 있냐고 또 별일 없냐고
밥은 거르지 않았는지 잠은 설치지 않았는지
묻고 또 묻는다

하기는 아침에 일어나
햇빛이 부신 걸로 보아
밤사이 별일 없긴 없었는가 보다

오늘도 그대는 멀리 있다

이제 지구 전체가 그대 몸이고 맘이다.

今日も君は遠くにいる

毎日電話をかけるたびに
どこにいるか何をしているかと
誰といるか又無事であるかと
ご飯はよく食べているかと眠れなかったことはないかと
尋ねてばかりいる

そういえば、朝に起きて
日の光が眩しいところをみると
夜、無事であったようだ

今日も君は遠くにいる

もう、地球全体が君の体で心である。

앉은뱅이꽃

발밑에 가여운 것
밟지 마라,
그 꽃 밟으면 귀양간단다
그 꽃 밟으면 죄받는단다.

いざり花

足元にあわれなもの
踏まないで、
その花踏むと島流しなんだって、
その花踏むとばちがあたるよ。

초등학교 선생님

아이들 몽당연필이나
깎아 주면서
아이들 철없는 인사나 받아 가면서
한 세상 억울한 생각도 없이
살다 갈 수만 있다면
시골 아이들 손톱이나 깎아 주면서
때 묻고 흙 묻은 발이나
씻어 주면서 그렇게
살다 갈 수만 있다면.

小学校の先生

子供達にちびた鉛筆でも
削ってあげながら
子供達にきちんとしていない挨拶などをされながら
一生涯くやしい気持ちも持たずに
生きて死ぬことができれば
田舎の子供達の爪でも切ってあげながら
垢まみれや土塗れの足ばかり
洗ってあげながらそのように
生きて死ぬことが出来るなら。

제비꽃 • 1

그대 떠난 자리에
나 혼자 남아
쓸쓸한 날
제비꽃이 피었습니다
다른 날보다 더 예쁘게
피었습니다.

スミレ・1

君が立ち去ったところに
私一人残って
さびしい日
スミレの花が咲きました
いつもよりずっときれいに
咲きました。

다리 위에서

나는 바람 속에 피어
웃고 있는 가을꽃

눈을 감아 본다

흐르는 강물은 보이지 않고
키 큰 가로등도 보이지 않고
너의 맑은 이마도 보이지 않는다

그러나 여전히
강물은 흐르고
가로등 불빛은 밝고
너의 이마 또한 내 앞에 있었으리라

눈을 떠 본다

너는 새로 돋아나기 시작하는
초저녁 밤별.

橋の上で

私は風の中に咲いて
笑っている秋の花

目を閉じて見る

流れる川は見えず
背の高い街灯も見えず
君の清いひたいも見えない

しかし相変わらず
川は流れて
街灯の光りは明るく
君のひたいも私の前にあっただろう

目をあけてみる

君は新しく生まれ出てくる
宵の星。

하오의 한 시간

바람을 안고 올랐다가
해를 안고 돌아오는 길

검정염소가
아무보고나
알은체 운다

같이 가요
우리 같이 가요

지는 햇빛이
눈에 부시다.

午後の或る時間

風を抱えて登り
お日様を抱えて帰る道

黒ヤギ
誰を見ても
知った振りして鳴く

一緒に行こう
一緒に行こうよ。

沈んでいく日の光
まぶしい。

기쁨

난초 화분의 휘어진
이파리 하나가
허공에 몸을 기댄다

허공도 따라서 휘어지면서
난초 이파리를 살그머니
보듬어 안는다

그들 사이에 사람인 내가 모르는
잔잔한 기쁨의
강물이 흐른다.

喜び

欄の鉢しなやかにたわんだ
葉が一つ
虚空に体を寄せる

虚空も一緒にたわみながら
欄の葉っぱをそおっと
抱き抱く

彼らの間には人間である私が知らない
静かな喜びの
川が流れる。

촉

무심히 지나치는
골목길

두껍고 단단한
아스팔트 각질을 비집고
솟아오르는
새싹의 촉을 본다

얼랄라
저 여리고
부드러운 것이!

한 개의 촉 끝에
지구를 들어올리는
힘이 숨어 있다.

芽

無心に通り過ぎる
小路

厚く硬い
アスファルト角質を割って
芽生える
若芽の芽を見る

あらら
あのもろくて
柔らかいものが

一つの芽先に
地球を持ち上がる
力が隠れている。

하늘의 서쪽

하늘이 개짐을 풀어헤쳤나

비린내 두어 마지기
질펀하게 깔고 앉아
속눈썹 깜짝여 곁눈질이나 하고 있는
하늘의 서쪽

은근짜로 아주
은근짜로

새끼 밴 검정염소
울음소리가 사라지고
절름발이 소금장수 다리 절며 돌아오던
구불텅한 논둑길이 사라지고

이젠 네가 사라져야 하고
내가 사라져줘야 할 차례다,
지금은 하늘과 땅이
살을 섞으며 진저리칠 때.

西の空

空が月経帯をほどいたのか

生臭い匂いがする数坪の畑
だらしなく座り込んで
目をばちばち流し目ばかりやっている
西の空

浮売でとっても
浮売で

子を孕んだ黒山羊
泣き声が消えて
びっこの塩屋さんびっこをひきながらやってきた
ゆるやかに曲がった畦道消えて

もう君が消えなければならないし
私が消えてあげねばならない順番だ
今は天と地が
合わさって身震いする時。

응?

초록의 들판에
조그만 소년이
가볍게 가볍게
덩치 큰 소를 끌고 가듯이

귀여운 어린 아기가 끌고 가는
착하신 엄마와 아빠

어여쁜 아이들이 끌고 가는
정다운 학교와 선생님

아가야, 지구를 통째로
너에게 줄 테니
잠들 때까지 망가뜨리지 말고
잘 가지고 놀거라, 응?

わかったかい？

草色の野原で
ちいさな少年が
軽々と
大きな牛を引いて行くように

よちよち歩きの赤ちゃんが手を引っ張って行く
やさしい母ちゃんと父ちゃん

かわいい子供らが率いて行く
温かい学校や先生

赤ちゃんよ、地球をすべて
君にあげるから
眠る時まで壊さないで
気をつけてそこで戯れてろ、ね？

악수

가을 햇살은
모든 것들을 익어가게 한다
그 품 안에 들면 산이며 들
강물이며 하다못해 곡식이며 과일
곤충 한 마리 물고기 한 마리까지
익어가지 않고서는 배겨나지를 못한다

그리하여 마을의 집들이며 담장
마을로 뚫린 꼬불길조차
마악 빵 기계에서 구워낸 빵처럼
말랑말랑하고 따스하다

몇 해 만인가 골목길에서 마주친
동갑내기 친구
나이보다 늙어 보이는 얼굴
나는 친구에게
늙었다는 표현을 삼가기로 한다

이 사람 그동안 아주 잘 익었군
무슨 말을 하는지 몰라
잠시 어리둥절해진 친구의 손을 잡는다
그의 손아귀가 무척 든든하다
역시 거칠지만 잘 구워진 빵이다.

握手

秋の日差しは
すべてのものを熟させる
その懐に入ると山も野原も
川も穀物や果物
一匹の昆虫、一匹の魚が
熟さないとおさまらない

そうして町の家々や塀
町をつきぬける曲がりさえ
パンの機械から焼いてとりだしたばかりのパンのように
ふかふかして温かい

何年ぶりだろうか小道で出会った
同じ年の友達
年よりもふけて見える顔
私は友達に
老けて見えるという表現を言わない事にする

おまえ、しばらく見ないうちにとてもよく熟れたな
なんのことか分からなくて
しばらくぼうっとしている友達の手を握る
彼の手がとってもごつごつしている
やはり荒いがよく焼けたパンである。

시

마당을 쓸었습니다
지구 한 모퉁이가 깨끗해졌습니다

꽃 한 송이 피었습니다
지구 한 모퉁이가 아름다워졌습니다

마음속에 시 하나 싹텄습니다
지구 한 모퉁이가 밝아졌습니다

나는 지금 그대를 사랑합니다
지구 한 모퉁이가 더욱 깨끗해지고
아름다워졌습니다.

詩

庭を掃きました
地球の片隅がきれいになりました

花一輪が咲きました
地球の一角が美しくなりました

心の中に詩一つ芽生えました
地球の一角が明るくなりました

私は今彼を愛しています
地球の一角がもっときれいになって
美しくなりました。

사는 일

1
오늘도 하루 잘 살았다
굽은 길은 굽게 가고
곧은 길은 곧게 가고

막판에는 나를 싣고
가기로 되어 있는 차가
제 시간보다 일찍 떠나는 바람에
걷지 않아도 좋은 길을 두어 시간
땀 흘리며 걷기도 했다

그러나 그것도 나쁘지 아니했다
걷지 않아도 좋은 길을 걸었으므로
만나지 못했을 뻔했던 싱그러운
바람도 만나고 수풀 사이
빨갛게 익은 멍석딸기도 만나고
해 저문 개울가 고기비늘 찍으러 온 물총새
물총새, 쪽빛 날갯짓도 보았으므로

이제 날 저물려 한다
길바닥을 떠돌던 바람은 잠잠해지고
새들도 머리를 숲으로 돌렸다
오늘도 하루 나는 이렇게
잘 살았다.

2
세상에 나를 던져보기로 한다
한 시간이나 두 시간

퇴근 버스를 놓친 날 아예
다음 차 기다리는 일을 포기해버리고
길바닥에 나를 놓아버리기로 한다

누가 나를 주워가 줄 것인가?
만약 주워가 준다면 얼마나 내가
나의 길을 줄였을 때
주워가 줄 것인가?

한 시간이나 두 시간
시험 삼아 세상 한복판에
나를 던져보기로 한다

나는 달리는 차들이 비껴 가는
길바닥의 작은 돌멩이.

生きる事

1

今日も一日よく生きた
曲がった道は曲がって行き
まっすぐな道はまっすぐ行き

最後には私を乗せて
行く事になっていた車が
定時より早く出発したせいで
歩かなくてもいい道を二時間あまり
汗を流しながら歩きもした

しかしそれも悪くはなかった
歩かなくてもいい道を歩いたので
会いそこなうところだった爽やかな
風にも出会い林の中
紅く熟れたナワシロイチゴにも出会い
日の暮れた小川のほとり魚の鱗を突き刺しに来たカワセミ
カワセミの藍色のはばたきも見たので

もう日が暮れようとしている
道端を回ってた風はしずまって
鳥も森へ向っていった
今日も一日私はこのように
よく生きた。

2
この世界に自分を投げ出してみようと思う
一時間か二時間

会社帰りのバスを逃した日のっけから
次のバスを待つことを諦めて
道端に自分を放してやることにする

誰が私を拾ってくれるのかな
もし拾ってくれるならどのくらい私が
自分の道を減らした時
拾ってくれるかな

一時間か二時間
ためしにこの世界に
自分を投げ出すことにする

私は走る車が避けて通る
道端の小石。

단풍

숲 속이 다, 환해졌다
죽어 가는 목숨들이
밝혀 놓은 등불
멀어지는 소리들의 뒤통수
내 마음도 많이, 성글어졌다
빛이여 들어와
조금만 놀다 가시라
바람이여 잠시 살랑살랑
머물다 가시라.

紅葉

森の中の全体が、明るくなった
死んで去り行く命が
ともして置いた灯り
だんだん遠ざかる声の後ろ影
私の心もかなり、薄くなった
光よおはいり
暫く遊んでおいき
風よ暫くそよそよ
留まっておいき。

붓꽃

슬픔의 길은
명주실 가닥처럼이나
가늘고 길다

때로 산을 넘고
강을 따라가지만

슬픔의 손은
유리잔처럼이나
차고도 맑다

자주 풀숲에서 서성이고
강물 속으로 몸을 풀지만

슬픔에 손목 잡혀 멀리
멀리까지 갔다가
돌아온 그대

오늘은 문득 하늘
쪽빛 입술 붓꽃 되어
떨고 있음을 본다.

アヤメ

悲しみの道は
一筋の絹糸みたいに
細くて長い

ときには山を越え
川に沿って行くけれど

悲しみの触手は
グラスみたいに
冷たくて澄んでいる

しょっちゅう草の中をさまよい
川の中に体を浸す

悲しみに手首をつかまれて遠く
遠くまで行って
もどってきたあなた

今日は空がふいと
濫色の唇アヤメになって
震えているのを見る。

멀리까지 보이는 날

숨을 들이쉰다
초록의 들판 끝 미루나무
한 그루가 끌려 들어온다

숨을 더욱 깊이 들이쉰다
미루나무 잎새에 반짝이는
햇빛이 들어오고 사르락 사르락
작은 바다 물결 소리까지
끌려 들어온다

숨을 내어쉰다
뻐꾸기 울음소리
꾀꼬리 울음소리가
쓸려 나아간다

숨을 더욱 멀리 내어쉰다
마을 하나 비 맞아 우거진
봉숭아꽃나무 수풀까지
쓸려 나아가고 조그만 산 하나
우뚝 다가와 선다

산 위에 두둥실 떠 있는
흰구름, 저 녀석
조금 전까지만 해도 내 몸 안에서
뛰어놀던 바로 그 숨결이다.

遠くまで見える日

息を吸い込む
緑の野原の片隅のポプラ
一本のポプラの木が私の目の中に吸い込まれる

息をもっと深く吸い込む
ポプラの葉っぱに光る
光が入り、ざざー
小さい海の波の音さえ
私の中に吸い込まれる

息を吐き出す
カッコウの鳴き声
ヒバリの鳴き声が
流れ出される

息をもっと遠くまで吐き出す
一つの町、雨にぬれておい茂った
鳳仙花の茂みさえ
流れ出されて小さな山一つ
にょっきりとそびえたつ

山の上にふわりと浮かんでいる
白い雲、あいつ
ちょっと前まで私の体の中で
飛び回っていたあの息である。

강물과 나는

맑은 날
강가에 나아가
바가지로
강물에 비친
하늘 한 자락
떠올렸습니다

물고기 몇 마리
흰구름 한 송이
새소리도 몇 움큼
건져 올렸습니다

한참 동안 그것들을
가지고 돌아오다가
생각해보니
아무래도 믿음이
서지 않았습니다

이것들을
기르다가 공연스레
죽이기라도 하면
어떻게 하나

나는 걸음을 돌려
다시 강가로 나아가
그것들을 강물에
풀어 넣었습니다

물고기와 흰구름과
새소리 모두
강물에게
돌려주었습니다

그날부터
강물과 나는
친구가 되었습니다.

川の水と私は

晴れた日
川辺に出て
瓢で
川水に映っている
空の一片を
掬い上げました

魚数匹
白い雲をひとかたまり
鳥の声一握り
掬い上げました

暫くの間、それらを
手に持って帰りながら
考えたら
どうしても落ち着かない
気持ちがしました

これらを
飼っていたずらに
死んでしまったら
どうするか

私はきびすをかえし
再び川辺に行って
それらを川の中に
はなしてやりました

魚や白雲
鳥の鳴き声すべてを
川水に
返しました

その日から
川水と私は
友達になりました。

화이트 크리스마스

크리스마스 이브
눈 내리는 늦은 밤거리에 서서
집에서 혼자 기다리고 있는
늙은 아내를 생각한다

시시하다 그럴 테지만
밤늦도록 불을 켜놓고 손님을
기다리는 빵 가게에 들러
아내가 좋아하는 빵을 몇 가지
골라 사들고 서서
한사코 세워주지 않는
택시를 기다리며
이십 년 하고서도 육 년 동안
함께 산 동지를 생각한다

아내는 그 동안 네 번
수술을 했고
나는 한 번 수술을 했다
그렇다, 아내는 네 번씩
깨진 항아리이고 나는
한 번 깨진 항아리이다

눈은 땅에 내리자마자
녹아 물이 되고 만다
목덜미에 내려 섬뜩섬뜩한
혓바닥을 들이밀기도 한다

화이트 크리스마스
크리스마스 이브 늦은 밤거리에서
한 번 깨진 항아리가
네 번 깨진 항아리를 생각하며
택시를 기다리고 또
기다린다.

ホワイトクリスマス

クリスマスイブ
雪が降る夜遅い街にたたずみ
家で一人で待っている
老いた家内を考える

くだらないといわれるだろうか
夜遅くまで明かりを点してお客を
待っているパン屋に寄って
家内が好きなパンを何種類か
選んで買って
なかなか止まってくれない
タクシーを待ちながら
二十六年間
一緒に生きた同志を思う

家内はそのあいだに四回
手術を受けて
私は一回手術を受けた
そうだ、家内は四回
壊れた甕で、私は
一回壊れた甕である

雪は土に落ちるとすぐ
溶けて水になってしまう
首筋に降りてひやりとする
舌を出してみたりする

ホワイトクリスマス
クリスマスイブ深夜の街で
一回壊れた甕が
四回壊れた甕を思いながら
タクシーをいつまでも
待ち続けている。

사랑

목말라 물을 좀 마셨으면 좋겠다고
속으로 생각하고 있을 때
유리컵에 맑은 물 가득 담아
잘람잘람 내 앞으로 가지고 오는

창밖의 머언 풍경에 눈길을 주며
그리움의 물결에 몸을 맡기고 있을 때
그 물결의 흐름을 느끼고 눈물
글썽글썽한 눈으로 나를 바라보아주는

어떻게 알았을까, 그는
한마디 말씀도 이루지 아니했고
한 줌의 눈짓조차 건네지 않았음에도.

愛

喉が渇くので水が飲みたいなと
心の中で、考えている時に
グラスにみずをいっぱい入れて
なみなみと揺らしながら私の前に持って来る

窓の外の遠い風景に目線をやり
恋しさに体を任している時
その波の流れ感じて、涙に
零れる目で私を眺めてくれる

どうして分かったのか、彼は
一言も、申し上げていないのに
一握りの目顔さえ渡さなかったのに。

나팔꽃

여름날 아침, 눈부신 햇살 속에 피어나는 나팔꽃 속에는 젊으신 아버지의 목소리가 들어 있다.

애야, 집안이 가난해서 그런 걸 어쩐다냐. 너도 나팔꽃을 좀 생각해 보거라. 주둥이가 넓고 시원스런 나팔꽃도 좁고 답답한 꽃모가지가 그 밑에서 받쳐 주고 있지 않더냐? 나는 나팔꽃 모가지밖에 될 수 없으니, 너는 꽃의 몸통쯤 되고 너의 자식들이나 꽃의 주둥이로 키워 보려무나. 안 돼요, 아버지. 안 된단 말이에요. 왜 내가 나팔꽃 주둥이가 되어야지, 나팔꽃 몸통이 되느냔 말이에요!

여름날 아침, 해맑은 이슬 속에 피어나는 나팔꽃 속에는 아직도 대학에 보내 달라 투덜대며 대어드는 어린 아들을 달래느라 진땀을 흘리신 젊으신 아버지의 애끓는 목소리가 숨어 있다.

朝顔

夏の日の朝、まぶしい日差しの中に咲いている朝顔の中には若いお父さんの声が入っている。

おい、家が貧しいからどうしようもないだろう。お前も朝顔のことを考えてごらん。嘴は広くて爽快な朝顔も狭くて息苦しい花房が下で支えているのではないか。私は朝顔の花房しかできないので、お前は花の胴体になって、お前の息子達は花の嘴に育ててみなさい。だめですよ、父さん。だめですよ。どうして私が朝顔の嘴にならなくて、朝顔の胴体になるのですか！

夏の日の朝、色白ですがすがしい露の中で咲いている朝顔の中にはまだ大学に行きたいとぶつぶつ食って掛かる幼い息子を慰めようと脂汗を流した若いお父さんの苦しそうな声がひそんでいる。

가족사진

아들이 군대에 가고
대학생이 된 딸아이마저
서울로 가게 되어
가족이 뿔뿔이 흩어지기 전에
사진이라도 한 장 남기자고 했다

아는 사진관을 찾아가서
두 아이는 앉히고 아내도
그 옆자리에 앉히고 나는 뒤에 서서
가족사진이란 걸 찍었다

미장원에 다녀오고 무쓰도 발라보고
웃는 표정을 짓는다고 지어보았지만
그만 찡그린 얼굴이 되어버리고 말았다

떫은 땡감을 씹은 듯
껄쩍지근한 아내의 얼굴
가면을 뒤집어쓴 듯한 나의 얼굴
그것은 결혼 이십오 년 만에
우리가 만든 첫 번째 세상이었다.

家族の写真

息子が軍隊に入り
大学生になった娘まで
ソウルに行くことになって
家族がちりぢりなって別れる前に
写真でも一枚残そうと思った

いつも通る写真館に行って
二人の子は腰掛けさせて家内も
その隣に座らせて私は後ろに立って
家族写真というのを撮ってもらった

美容室に行って来てムースもつけてみて
笑顔をつくってみようとしたが
しかめっつらになってしまった

渋柿を食べたような
さえない家内の顔
仮面を引っ被ったような私の顔
それは結婚してから25年目にしてはじめて
私たちが作った一つの世界だった。

노

아들이 입대한 뒤로 아내는 새벽마다 남몰래 일어나 비어 있는 아들 방 문 앞에 무릎 꿇고 앉아 몸을 앞뒤로 시계추처럼 흔들며 기도를 한다.

하나님 아버지, 어떻게 주신 아들입니까? 그 아들 비록 어둡고 험한 곳에 놓일지라도 머리털 하나라도 상하지 않도록 주님께서 채금져 주옵소서.

도대체 아내는 하나님한테 미리 빚을 놓아 받을 돈이라도 있다는 것인지, 하나님께서 수금해 주실 일이라도 있다는 것인지 계속해서 채금(債金)져 달라고만 되풀이 되풀이 기도를 드린다.

딸아이가 고3이 된 뒤로부터는 또 딸아이 방 문 앞에 가서도 여전히 몸을 앞뒤로 흔들며 똑같은 기도를 드린다.

하나님 아버지, 이미 알고 계시지요? 지금 그 딸 너무나 힘든 공부를 하고 있는 중이오니, 하나님께서 그의 앞길에 등불이 되어 밝혀 주시고 그의 모든 것을 채금져 주옵소서.

우리 네 식구 날마다 놓인 강물이 다를지라도, 그 기도 나룻배의 노 (櫓)가 되어 앞으로인 듯 뒤로인 듯, 흔들리며 나아감을 하나님만 빙 긋이 웃으며 내려다보고 계심을, 우리는 오늘도 짐짓 알지 못한 채 하루를 산다.

檻

息子が軍隊に入ってから家内は毎日明け方、人知れず起きて、空っぽの息子の部屋の戸の前に膝まずいて、時計の振り子みたいに体を前後に動かしながら祈る。

天の父よ、あなたが下さった息子です。その息子がたとえ暗くて険しい所におかれても髪の毛一本さえ傷つかないように神様が責任を負ってくださいませ。

一体、家内は神様に予めお金を貸して、返して貰う金でもあるのだろうか、神様が集金してくれることでもあるのだろうか、繰り返し、責任してくださいと祈っている。

娘が高校3年になってからはまた娘の部屋の戸の前に行って相変わらず体を前後に動かしながら同じ祈りを捧げる。

天の父よ、ご存知のように、今、あの娘がたいへん難しい勉強をしていますので神様が彼女の前途の灯火になって照らし、彼女のすべてをよろしくお願いいたします。

我々四人家族、毎日行く手をはばむ川は異なっても、あの祈り
が渡し舟の櫓になって前に後ろに、揺れながら進むのを神様たけ
がにんまりと笑いながら見下ろしておられるのを、われらは今日
もあたかも知らぬかのように一日を生きている。

내가 사랑하는 계절

내가 제일로 좋아하는 달은
십일월이다
더 여유 있게 잡는다면
십일월에서 십이월 중순까지다

낙엽 져 홀몸으로 서 있는 나무
나무들이 깨금발을 딛고 선 등성이
그 등성이에 햇빛 비쳐 드러난
황토 흙의 알몸을
좋아하는 것이다

황토 흙 속에는
시제(時祭) 지내러 갔다가
막걸리 두어 잔에 취해
콧노래 함께 돌아오는
아버지의 비틀걸음이 들어 있다

어린 형제들이랑
돌담 모퉁이에 기대어 서서 아버지가
가져오는 봉송(封送) 꾸러미를 기다리던
해 저물녘 한때의 굴품한* 시간들이
숨 쉬고 있다

아니다 황토 흙 속에는
끼니 대신으로 어머니가
무쇠 솥에 찌는 고구마의
구수한 내음새 아스므레
아지랑이가 스며 있다

내가 제일로 좋아하는 계절은
낙엽 져 나무 밑둥까지 드러나 보이는
늦가을부터 초겨울까지다
그 솔직함과 청결함과 겸허를
못 견디게 사랑하는 것이다.

*굴품한 : '배가 고픈 듯한', '시장기가 드는 듯한'의 충청도 방언.

私が好きな季節

私が一番好きは月は
十一月である
もっと範囲をゆるくとらえるなら
十一月から十二月中旬までだ

落ち葉が散り身一つで立っている木
木々片足で立っている尾根すじ
その尾根に日の光差し現れた
黄土色の裸の土が
好きなのだ

黄土の中には
時祭に行って
濁酒二三杯に酔って
鼻歌まじりで帰る
父の千鳥足が入っている

幼い兄弟と一緒に
石垣の角に寄りかかって父が
持ってくるおみやげの包みを待っていた
夕暮れ時ひもじい時間が
生きている

いや、黄土の中には
ご飯のかわりに母が
鋳鉄の釜で蒸かすサツマイモの
いい匂いがひそかに
こもっている

私が一番すきな季節は
落ち葉がちって木の根元まで現れて見える
秋の暮れから初冬までだ
あの率直さと清潔と謙虚を
耐えられないほど好きなのだ。

뒷모습

뒷모습이 어여쁜
사람이 참으로
아름다운 사람이다

자기의 눈으로는 결코
확인이 되지 않는 뒷모습
오로지 타인에게로만 열린
또 하나의 표정

뒷모습은
고칠 수 없다
거짓말을 할 줄 모른다

물소리에게도 뒷모습이 있을까?
시드는 노루발풀꽃, 솔바람 소리,
찌르레기 울음소리에게도
뒷모습은 있을까?

저기 저
가문비나무 윤노리나무 사이
산길을 내려가는
야윈 슬픔의 어깨가
희고도 푸르다.

後ろ影

後ろ影の美しい
人こそ実に
美しい人である

自分の目では決して
確認できない後ろ影
もっぱら、他人にしかひらかれていない
もう一つの表情

後ろ影は
直すことができない
嘘をつくことができない

せせらぎにも後ろ影があるのか
しぼむイチヤクソウの花、松風の音
ムクドリにも
後ろ影はあるのか

向こうのあの
エゾマツとカマツカの間
山道おりていく
痩せた肩が
青白い。

서러운 봄날

꽃이 피면 어떻게 하나요
또다시 꽃이 피면 나는
어찌하나요

밥을 먹으면서도 눈물이 나고
술을 마시면서도 나는
눈물이 납니다

에그 나 같은 것도 사람이라고
세상에 태어나서 여전히 숨을 쉬고
밥도 먹고 술도 마시는구나 생각하니
내가 불쌍해져서 눈물이 납니다

비틀걸음 멈춰 발밑을 좀 보아요
앉은뱅이걸음 무릎걸음으로 어느새
키 낮은 봄풀들이 밀려와
초록의 주단방석을 깔려합니다

일희일비(一喜一悲),

조그만 일에도 기쁘다 말하고
조그만 일에도 슬프다 말하는 세상
그러나 기쁜 일보다는
슬픈 일이 많기 마련인 나의 세상

어느 날 밤늦도록 친구와 술 퍼마시고
집에 돌아와 주정을 하고
아침밥도 얻어먹지 못하고 집을 나와
새소리를 들으며 알게 됩니다

봄마다 이렇게 서러운 것은
아직도 내가 살아 있는
목숨이라서 그렇다는 것을
햇빛이 너무 부시고 새소리가
너무 고와서 그렇다는 걸 알게 됩니다

살아 있다는 것만으로도
아, 그것은 얼마나
고마운 일이겠는지요……

꽃이 피면 어떻게 하나요
또다시 세상에 꽃 잔치가 벌어지면
나는 눈물이 나서 어찌하나요.

悲しい春の日

花が咲いたら、どうしようか
また、花が咲いたら私は
どうすればいいのだ

ご飯を食べながらも涙がでて
酒を飲みながらも私は
涙がでます

やれやれ、私みたいなものが人として
世の中に生まれて相変わらず息をし
ご飯を食べたり、酒を飲んだりするのだなあと思ったら
私はかわいそうになって涙がでます

千鳥足をとめ足元をちょっと見てごらんなさい
いざりながら、すりひざでいつの間にか
背の低い春の草達が押し寄せ
緑の絹織りの座布団を敷こうとします

一喜一憂、

小さな事にも嬉しいと言って
小さな事にも悲しいと言う世
しかし嬉しいことよりは
悲しい事が多いはずの私の世

ある日、夜遅くまで友達とお酒をやたらに飲んで
家に帰って酩酊し
朝ごはんももらえず家を出て
鳥の鳴き声をききながら知りました

春がくるたびにこのように悲しいのは
まだ私が生きている
命だからなのだということを
日の光があまりにも眩しくて鳥の鳴き声が
あまりにも美しいのでそうなのだと分かりました

生きている事だけでも
ああ、それはどんなに
ありがたい事でしょうか……

花が咲いたらどうしましょうか
再び世の中に花の宴がはじまったら
私は涙が出てどうしたらよいのでしょう。

서울, 하이에나

결코 사냥하지 않는다

먹다 남긴 고기를 훔치고
썩은 고기도 마다하지 않는다
어찌 고기를 훔치는 발톱이
고독을 안다 하겠는가?
썩은 고기를 찢는 이빨이
슬픔을 어찌 안다고 말하겠는가?

딸아, 사냥하기 싫거든
차라리 서울서
굶다가 죽어라.

ソウル、ハイエナ

決して狩りには行かない

食べ残しの肉をかすみ
腐った肉も遠慮しない
肉をかすむ爪が
孤独を理解するといえようか
腐った肉を食い裂く歯が
悲しみをどうして理解するといえようか

娘よ、狩りに行きたくなければ
むしろ、ソウルで
飢え死にするほうがましだ。

선물 • 1

하늘 아래 내가 받은
가장 커다란 선물은
오늘입니다

오늘 받은 선물 가운데서도
가장 아름다운 선물은
당신입니다

당신 나지막한 목소리와
웃는 얼굴, 콧노래 한 구절이면
한 아름 바다를 안은 듯한 기쁨이겠습니다.

プレゼント・1

空の下、私のもらった
一番大きなプレゼントは
今日です

今日もらったプレゼントの中でも
一番美しいプレゼントは
あなたです

あなたの和やかな声と
笑う顔、鼻歌ひとつで
両手いっぱい海を抱きしめたような喜びでしょう。

선종

피
한 방울
놓쳐버린 바다

울며
떠난 고래는
돌아오지 않았다

다만 노을이 붉었다.

善終

血、
一滴
逃した海

泣いて
去ったくじらは
帰って来なかった

ただ、夕焼けが紅かった。

완성

집에 밥이 있어도 나는
아내 없으면 밥을 먹지 않는 사람

내가 데려다주지 않으면 아내는
서울 딸네 집에도 가지 못하는 사람

우리는 이렇게 함께 살면서
반편이 인간으로 완성되고 말았다.

完成

家に飯があっても私は
妻がいないと食事をしない人

私が送らなければ妻は
ソウルの娘の家へも行けない人

私たちはこうして一緒に暮らしながら
半分の人間で完成してしまった。

오늘의 약속

덩치 큰 이야기, 무거운 이야기는 하지 않기로 해요
조그만 이야기, 가벼운 이야기만 하기로 해요
아침에 일어나 낯선 새 한 마리가 날아가는 것을 보았다든지
길을 가다 담장 너머 아이들 떠들며 노는 소리가 들려 잠시 발을 멈
췄다든지
매미 소리가 하늘 속으로 강물을 만들며 흘러가는 것을 문득 느꼈
다든지
그런 이야기들만 하기로 해요

남의 이야기, 세상 이야기는 하지 않기로 해요
우리들의 이야기, 서로의 이야기만 하기로 해요
지나간 밤 쉽게 잠이 오지 않아 애를 먹었다든지
하루 종일 보고픈 마음이 떠나지 않아 가슴이 뻐근하다든지
모처럼 갠 밤하늘 사이로 별 하나 찾아내어 숨겨놓은 소원을 빌
었다든지
그런 이야기들만 하기로 해요

실은 우리들 이야기만 하기에도 시간이 많지 않을 걸 우리는 잘 알
아요
그래요, 우리 멀리 떨어져 살면서도
오래 헤어져 살면서도 스스로
행복해지기로 해요
그게 오늘의 약속이에요.

今日の約束

　大きな話、重たい話はしない事にしましょう
　小さな話、軽い話ばかりにしましょう
　朝起きて、見慣れない鳥が一羽飛んで行くのを見た、とか
　道を歩いていたら塀の向こうから、子供たちの遊ぶ騒ぎ声が聞
こえてきて少し足を止めた、とか
　蝉の声が、空の中に川になって流れていった様に感じた、とか
　そんな話ばかりにしましょう

　他人の話、世の中の話はしない事にしましょう
　私たちの話、お互いの話ばかりにしましょう
　昨晩中々寝付けなくて大変だったとか
　一日中会いたい気持ちが消えなくて胸が痛むとか
　久しぶりに晴れた夜空の間から星を一つ見つけ出して、隠して
いた願いを祈ったとか
　そんな話ばかりしましょう

本当は私たちの話をする時間さえ、多くはないって事を私たち
はよく知っています
　そう、私たち遠く離れて暮らしていても
　長く離ればなれで暮らしていても、自ら
　幸せになりましょう
　それが今日の、約束です。

산수유 꽃 진 자리

사랑한다, 나는 사랑을 가졌다
누구에겐가 말해주긴 해야 했는데
마음 놓고 말해줄 사람 없어
산수유 꽃 옆에 와 무심히 중얼거린 소리
노랗게 핀 산수유 꽃이 외워두었다가
따사로운 햇빛한테 들려주고
놀러온 산새에게 들려주고
시냇물 소리한테까지 들려주어
사랑한다, 나는 사랑을 가졌다
차마 이름까진 말해줄 수 없어 이름만 빼고
알려준 나의 말
여름 한 철 시냇물이 줄창 외우며 흘러가더니
이제 가을도 저물어 시냇물 소리도 입을 다물고
다만 산수유 꽃 진 자리 산수유 열매들만
내리는 눈발 속에 더욱 예쁘고 붉습니다.

サンシュユ散ったところ

愛してる、私は愛を持っている

誰かに言っておかなきゃならなかったのに

心置きなく言える人がいなくて

サンシュユの花のとなりで思わず呟いた言葉

黄色く咲いたサンシュユの花が覚えていて

暖かな日差しに言い聞かせ

遊びに来た山鳥に言い聞かせ

小川のせせらぎにまで言い聞かせて

愛してる、私は愛を持っている

どうしても名前までは言えなくて、名前だけ抜かして

教えた私の言葉

夏の季節中小川が飽きずに口ずさみながら流れていたのに

もう秋も暮れて、小川のせせらぎも口をつぐみ

ただ、サンシュユの花の枯れた所にサンシュユの実だけが

降りしきる雪の中で一層美しく、紅いです。

별리

우리 다시는 만나지 못하리

그대 꽃이 되고 풀이 되고
나무가 되어
내 앞에 있는다 해도 차마
그대 눈치채지 못하고

나 또한 구름 되고 바람 되고
천둥이 되어
그대 옆을 흐른다 해도 차마
나 알아보지 못하고

눈물은 번져
조그만 새암을 만든다
지구라는 별에서의
마지막 만남과 헤어짐

우리 다시 사람으로는 만나지 못하리.

別れ

私たちもう二度と会う事はないだろう

あなた、花となり草となり
木になって
私の前にあったとして決して
あなたを気付けず

私もまた、雲となり風となり
雷になって
あなたのそばを流れても決して
私を見つけられず

涙は滲み
小さな泉をつくる
地球という星での
最後の出会いと別れ

私たちもう二度と人として会う事はないだろう。

서정시인

다른 아이들 모두 서커스 구경 갈 때
혼자 남아 집을 보는 아이처럼
모로 돌아서서 까치집을 바라보는
늙은 화가처럼
신도들한테 따돌림당한
시골 목사처럼.

叙情詩人

他の子供達が皆、サーカスを観に行ったとき
一人、留守番してる子供みたいに
振り返って横目でツバメの巣を眺める
老いた画家みたいに
信者たちから仲間はずれにされた
田舎の牧師みたいに。

산촌엽서

고개
고개 넘으면
청산

청산
봉우리에 두둥실
향기론 구름

또닥또닥
굴피 너와집에
칼도마 소리

볼이
붉은 그 아이
산처녀 그 아이

산제비꽃 옆
산제비꽃 되어
사네

산벗꽃 옆
산벗꽃 되어
늙네.

山村葉書

峠
峠を越えたら
青山

青山
峰にぷかり
香しい雲

とんとん
クルミの皮の屋根の家から
まな板の音

頬が
紅いあの子
山の乙女、あの子

山スミレの隣
山スミレになって
生きる

山桜の隣
山桜になって
老いる。

가을, 마티재

산 너머, 산 너머란 말 속에는
그리움이 살고 있다
그 그리움을 따라가다 보면
아리따운 사람, 고운 마을도
만날 수 있을 것만 같다

강 건너, 강 건너란 말 속에는
아름다움이 살고 있다
그 아름다움을 따라 나서면
어여쁜 꽃, 유순한 웃음의 사람도
만날 수 있을 것만 같다

살기 힘들어 가슴 답답한 날
다리 팍팍한 날은 부디
산 너머, 산 너머란 말을 외우자
강 건너, 강 건너란 말도 외우자

그리고서도 안 되거든
눈물이 날 때까지 흰구름을
오래도록 우러러보자.

秋、マティ峠

山の向こう、山の向こうって言葉の中には
恋しさが住んでいる
その恋しさを辿って行ったら
美しい人、やさしい街にも
出会えそうな気がする

川の向こう、川の向こうって言葉の中には
美しさが住んでいる
その美しさを辿って行ったら
艶やかな花、柔らかい笑顔の人にも
出会えそうな気がする

生きるのが辛くて苦しい日
足のずっしり重たい日にはどうか
山の向こう、山の向こうって言葉つぶやこう
川の向こう、川の向こうって言葉つぶやこう

それでも駄目な時には
涙が零れるまで白い雲を
長い事仰ぎ見よう。

꽃 피우는 나무

좋은 경치 보았을 때
저 경치 못 보고 죽었다면
어찌했을까 걱정했고

좋은 음악 들었을 때
저 음악 못 듣고 세상 떴다면
어찌했을까 생각했지요

당신, 내게는 참 좋은 사람
만나지 못하고 이 세상 흘러갔다면
그 안타까움 어찌했을까요……

당신 앞에서는
나도 온몸이 근지러워
꽃 피우는 나무

지금 내 앞에 당신 마주 있고
당신과 나 사이 가득
음악이 강물이 일렁입니다

당신 등 뒤로 썰렁한
잡목 숲도 이런 때는 참
아름다운 그림 나라입니다.

花を咲かせる木

良い景色を見た時
あの景色を見られず死んでいたら
どうしたろうと心配して

良い音楽を聴いた時
あの音楽を聴けずに死んでいたら
どうしたろうと心配しました

あなた、私にとって本当に良い人
会えずにこの世を生きていたら
その切なさをどうしたでしょう……

あなたの前では
私も全身くすぐったい
花咲く木

今あなたと向かい合って
あなたと私の間に沢山
音楽が川になってたゆたいます

あなたの後ろのひんやりした
雑木林だって今は本当に
美しい絵の世界です。

사랑하는 마음 내게 있어도

사랑한다는 말
차마 건네지 못하고 삽니다
사랑한다는 그 말 끝까지
감당할 수 없기 때문

모진 마음
내게 있어도
모진 말
차마 하지 못하고 삽니다

나도 모진 말 남들한테 들으면
오래오래 잊혀지지 않기 때문

외롭고 슬픈 마음
내게 있어도
외롭고 슬프다는 말
차마 하지 못하고 삽니다
외롭고 슬픈 말 남들한테 들으면
나도 덩달아 외롭고 슬퍼지기 때문

사랑하는 마음을 아끼며
삽니다
모진 마음을 달래며
삽니다
될수록 외롭고 슬픈 마음을
숨기며 삽니다.

愛する心私にあっても

愛してるって言葉
どうしても言えずに生きています
愛してるって言葉最後まで
堪えられないから

酷な心
私にあっても
酷な言葉
どうしても言えずに生きています

私も酷な言葉人から聞くと
ずっと忘れられないから

寂しくて悲しい心
私にあっても
寂しくて悲しいって言葉
どうしても言えずに生きています
寂しくて悲しい言葉人から聞くと
私もつられて寂しくて悲しくなるから

愛する心、惜しみながら
生きています
酷な気持ち慰めながら
生きています
できるだけ、寂しくて悲しい心
隠して生きています。

미소 사이로

벗꽃 지다

슬픈 돌부처님
모스라진
미소 사이로

누가 꽃잎이
눈처럼 날린다
지껄이느냐?

누가 이것이 마지막이다
영생토록 마지막이다
울먹이느냐?

너무 오래 쥐고 있어
팔이 아픈 아이가
풍선 줄을 놓아버리듯

나뭇가지가 힘겹게
잡고 있던 꽃잎을 그만
바람결에 주어버리다.

微笑の間に

桜が散る

悲しい石仏
磨耗した
微笑の間に

花びら
雪のように散ると誰が
言ったのか

これが最後だ
永遠に最後だと誰が
泣き声なっているのか

あまりにもながく握っていて
腕が痛い子供が
風船の糸を放すみたいに

木の枝が手に余って
持っていた花びらをついに
風にあげてしまった。

대숲 아래서

1
바람은 구름을 몰고
구름은 생각을 몰고
다시 생각은 대숲을 몰고
대숲 아래 내 마음은 낙엽을 몬다.

2
밤새도록 댓잎에 별빛 어리듯
그슬린 등피에는 네 얼굴이 어리고
밤 깊어 대숲에는 후둑이다 가는 밤 소나기 소리.
그리고도 간간이 사운대다 가는 밤바람 소리.

3
어제는 보고 싶다 편지 쓰고
어젯밤 꿈엔 너를 만나 쓰러져 울었다.
자고 나니 눈두덩엔 메마른 눈물자죽,
문을 여니 산골엔 실비단 안개.

4
모두가 내 것만은 아닌 가을,
해 지는 서녘구름만이 내 차지다.
동구 밖에 떠드는 애들의
소리만이 내 차지다.
또한 동구 밖에서부터 피어오르는
밤안개만이 내 차지다.

하기는 모두가 내 것만은 아닌 것도 아닌
이 가을,
저녁밥 일찍이 먹고
우물가에 산보 나온
달님만이 내 차지다.
물에 빠져 머리칼 헹구는
달님만이 내 차지다.

竹薮の下で

1
風は雲を駆り
雲は思いを駆り
また思いは竹薮を駆り
竹薮の下、私の心は落葉を駆る。

2
一晩中竹の葉に星明りが籠るように
すすけたランプのほやには君の顔がうつり
夜更けて竹薮にはパラパラ通り過ぎるにわかあめの音。
それから時たま囁いて通り過ぎる夜風の音。

3
昨日には会いたいと手紙をかいて
昨夜の夢で君に会い、伏せて泣いた。
起きたらまぶたにはかれた涙の跡
扉を開いたら山谷には絹の霧。

4
全てが私のものとは限らない秋、
日が沈む西空の雲だけが私のものである
山門の外でさわいでいる子供らの
声だけが私のものである。
また山門のそとから湧きあがる
夜霧だけが私のものだ。

けれども、全てが私のものとは限らなくもない秋、
夕飯を早めに食べて
井戸端に散歩に出た
お月さんだけが私のものである。
水に溺れて髪の毛洗う
お月さんだけが私のものである。